AF346336

VENTE

Du Lundi 7 Décembre 1903

HOTEL DROUOT, SALLE N° **11**

à 2 heures

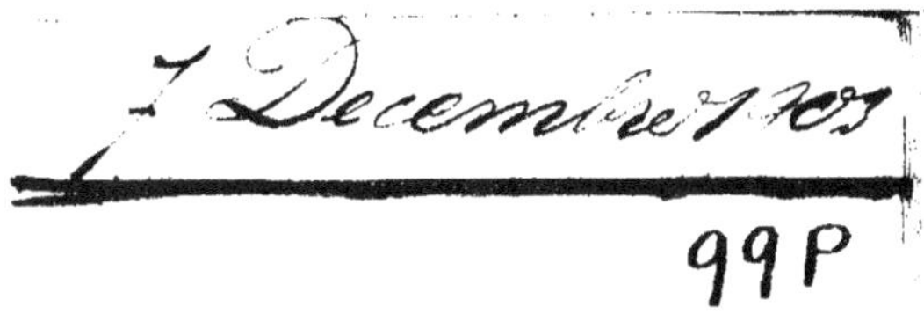

OBJETS D'ART

TABLEAUX

MEUBLES ANCIENS, SIÈGES

BRONZES, ARMES

ET

OBJETS DE CURIOSITÉ

Appartenant à M. D***

ET ARRIVANT DE PROVINCE

DESSINS, GRAVURES, TABLEAUX

FAIENCES ET PORCELAINES ANCIENNES

MEUBLES ET BRONZES

Appartenant à Divers

EXEMPLAIRE DE M. STETTINER

COMMISSAIRE-PRISEUR

Me **MAURICE DELESTRE**

5, rue Saint-Georges

EXPERTS

MM. PAULME et B. LASQUIN Fils

10, rue Chauchat | 12, rue Laffitte

CATALOGUE

DE

TABLEAUX ANCIENS
ET OBJETS D'ART

SIÈGES ET MEUBLES ANCIENS
BRONZES ET ARMES ANCIENNES
OBJETS PROVENANT DE FOUILLES
BOIS SCULPTÉS
BIJOUX ANCIENS — GUIPURE DE VENISE
OBJETS DE CURIOSITÉ, ETC., ETC.

Appartenant à M. D***, et arrivant de Province

DESSINS, GRAVURES, TABLEAUX
ANCIENS ET MODERNES
FAIENCES ET PORCELAINES ANCIENNES

DE

DELFT, SAXE, SÈVRES, LA HAYE, MENNECY, CHINE, ETC., ETC.

BRONZES, MEUBLES, TAPISSERIES

APPARTENANT A DIVERS

Dont la vente aura lieu

HOTEL DROUOT, SALLE N° 11
Le Lundi 7 Décembre 1903
à 2 heures précises

COMMISSAIRE-PRISEUR	EXPERTS
Me MAURICE DELESTRE	MM. PAULME et LASQUIN FILS
5, rue Saint-Georges	10, rue Chauchat | 12, rue Laffitte

EXPOSITION PUBLIQUE
Le Dimanche 6 Décembre 1903, de 1 h. 1/2 à 5 h. 1/2

CONDITIONS DE LA VENTE

Elle sera faite au comptant.

Les acquéreurs paieront *dix pour cent* en sus des prix d'adjudication.

L'exposition mettant le public à même de se rendre compte de l'état et de la nature des objets, il ne sera admis aucune réclamation une fois l'adjudication prononcée.

NOTA

La vacation commencera très exactement à *deux heures*.

Paris. — Imp. de l'Art, E. Moreau et Cie, 41, rue de la Victoire.

DÉSIGNATION

Objets appartenant à M. D...

1 à 5 — Plusieurs dessins anciens de différentes écoles.

6-7 — Deux fixés sous verre de forme ovale : sujets champêtres, d'après LANCRET.

8-9 — ÉCOLE FLAMANDE. Portraits d'homme et de femme. Deux pendants.

10 — ÉCOLE FRANÇAISE DU XVIIIᵉ SIÈCLE. Le Bain de Diane. Peinture décorative.

11 — ÉCOLE ITALIENNE. — Paysages. Deux pendants de forme ovale. Cadres en bois sculpté doré.

12 — ÉCOLE VÉNITIENNE. Vierge à l'enfant. Peinture sur cuir repoussé, gaufré, ciselé et doré. Le sujet principal est entouré de fleurs, coquilles et ornements divers.

13-14 — INCONNU. Paysages avec figures. Deux pendants.

15 — BOUCHER (Genre de F.). Composition de trois figures, de forme ronde.

16 — COXCIE (Attribué à M. de). La Vierge et l'Enfant Jésus.

17 — DELACROIX (Attribué à). Esquisse.

18-19 — LESUEUR (Attribué à). Deux pendants.

20 — VIEN (Genre de). Figure de femme.

21 — WOUWERMANN (Attribué à). Paysages avec figures. Deux pendants.

22 à 25 — Gravures, dessins et tableaux non catalogués.

OBJETS DE CURIOSITÉ

26 à 29 — Quatre assiettes en ancienne faïence rouennaise à décor chinois.

30 — Paire de flambeaux Louis XV, en émail, travail anglais.

31 — Émail peint du xvɪᵉ siècle : Portrait de femme.

32-33 — Deux petits bas-reliefs en marbre blanc, encadrés.

34-35 — Deux bustes de saints personnages en bois sculpté. xvɪɪᵉ siècle.

36 à 40 — Plusieurs statuettes en bois sculpté des xvɪᵉ et xvɪɪᵉ siècles.

41 à 45 — Fragments divers en bois sculpté.

46 à 50 — Plusieurs mortiers en bronze des xvᵉ et xvɪᵉ siècles.

51 à 54 — Plusieurs flambeaux anciens en cuivre.

55 — Petit cartel d'alcôve, à répétition, Louis XV, en bronze ciselé et doré.

56 — Pendule ancienne Louis XVI, avec figures d'enfants ; bronze ciselé et en partie doré.

57 — Volet de dyptique en ivoire. xve siècle.

58 — Baiser de paix en ivoire.

59 à 61 — Râpes à tabac en écaille incrustée du xviie siècle, en ivoire, etc.

62 — Crémaillère d'âtre, en fer forgé.

63 — Paire de landiers, en fer forgé.

64 — Lampe d'âtre, en fer forgé.

65 — Dague vénitienne du xvie siècle, pommeau en forme de papillon, fusée ciselée à crevés et inscription sur la lame.

66 — Dague française de même époque.

67 — Épée de duel avec garde, en fer ajouré.

68 — Plusieurs épées anciennes.

69 — Dagues et poignards anciens.

70 — Couteau de chasse ancien.

71 — Coupe à libations à fond ombiliqué et mé-
daillon orné ; étain gaulois. (Objet, ainsi que
les suivants jusqu'au n° 77, proviennent de
dragages de la Seine.)

72 — Rouelle gauloise.

73 — Saint Michel du Mont.

74 — Enseigne phallique.

75 — Agrafe de corsage, support de collier du
xvie siècle, etc.

76-77 — Deux cartes de fragments de plombs,
provenant du Pont-au-Change, à Paris.

78 à 82 — Bijoux anciens du xviiie siècle,
pierres, acier, argent et or.

83 — Bague, intaille sur cornaline aux armes
de N. Fouquet.

84 — Bénitier en verrerie polychrome, décoré
de personnages et mascarons, dans le goût
de Venise. Cette pièce, de provenance nor-
mande, reproduit presque servilement un
autel de Saint-Jean d'Eu, aujourd'hui à Saint-
Pierre en Val, et paraît être l'œuvre de ver-

riers venus de Venise, sur la demande de Henri II, et établis d'abord à Saint-Germain-en-Laye, et plus tard dans la forêt d'Eu.

85 — Dessus de table ancien, guipure et fils tirés.

86 — Beau volant en ancienne guipure de Venise, à gros reliefs (environ 1 m. 25.)

87 à 90 — Quatre glaces en bois sculpté et doré, du temps de Louis XVI.

91-92 — Deux chaises du temps de Louis XVI, en bois sculpté, dossier à lyre.

93 à 96 — Quatre chaises du temps de Louis XVI, en bois sculpté, dossier à lyre.

97 — Fauteuil du temps de Louis XVI, en bois sculpté.

98 — Banquette à haut dossier, formée d'un ancien coffre en bois sculpté, du xvie siècle.

99 — Grande armoire à deux corps, ouvrant à six portes, faite d'anciens panneaux en bois sculpté, du xvie siècle.

100 — Petit bureau de dame, du temps de

Louis XV, à dos d'âne, en laque ; l'intérieur plaqué en bois de violette.

101 — Petite table guéridon en incrustations.

102 — Bureau à cylindre du temps de Louis XVI, en acajou, avec filets de cuivre.

103 — Commode du temps de Louis XVI, à deux tiroirs, en marqueterie de bois de placage. Dessus de marbre.

104 — Commode Louis XIV, garnie de bronzes.

105 — Meuble-cabinet, en marqueterie de bois de couleurs, avec incrustations de nacre.

106 — Grande horloge, du temps de Louis XVI, en bois finement sculpté.

107 — Petite armoire, faite d'un ancien panneau, en bois sculpté, du XVIe siècle.

108 — Coffre-normand, en bois sculpté, à figures, du XVIe siècle.

109 — Objets omis.

Objets appartenant à divers

GRAVURES — DESSINS

TABLEAUX

ANCIENS ET MODERNES

110 — Sous ce numéro, il sera vendu par lots une assez grande quantité de gravures anciennes de toutes les époques et écoles.

111 — Lot de petits portraits du xviiie siècle. Dix pièces, parmi lesquelles : Louis XV, J.-B. Rousseau, Piron, Richelieu, Colbert, Boileau, etc.

112 — Ecole Française du xviiie siècle. Portrait de jeune homme. Dessin aux crayons noir et bleu, sur papier gris.

113 — P.-P. Sevin. Dessin de l'Autel de Saint Benoit, dans l'abbaye royale de Saint-Denis, en France. Gouache rehaussée d'or. Signée et datée : P.-P. Sevin, 1685.

114 — ÉCOLE FRANÇAISE. ÉPOQUE EMPIRE. Portrait présumé d'Élisa Bonaparte, princesse Bacciochi.

En corsage de satin blanc, et fourrure blanche autour du cou. Elle est coiffée d'une toque en velours, ornée de plumes. Beau portrait peint sur toile de forme ovale.

115 — ÉCOLE FRANÇAISE DU XVIIᵉ SIÈCLE. La Mise au tombeau. Peinture sur bois.

116 — ÉCOLE FRANÇAISE DU XVIIIᵉ SIÈCLE. Le Rêve ; jeune nymphe nue endormie. Toile.

117 — ÉCOLE FRANÇAISE MODERNE. Étude de cheval, debout. Toile.

118 — FICHEL (E.). Jeune femme agrafant une fleur à son corsage, pendant que sa femme de chambre tient le chapeau qu'elle va coiffer. Panneau. Signé et daté 1876.

119 — HILDEBRANDT. (Deux pendants). Pêcheurs sur la grève. L'un des deux est signé et daté 1845. Toiles.

120 — Cadre ovale, en travers, en bois sculpté
et doré, orné d'entrelacs de perles et feuilles
d'eau ; couronnement à ruban et feuilles de
laurier. Époque Louis XVI.

121 — Cadre en bois de chêne, très finement
sculpté à jour et ciré. Époque Louis XIV.

FAIENCES ET PORCELAINES

ANCIENNES

122 — Deux plats en ancienne faïence de Delft,
à décor polychrome.

123 — Deux dessus de brosse en faïence de
Delft, à décor bleu et polychrome, de figures
et ornements divers.

124 — Jardinière avec son couvercle porte-bou-
quets, en ancienne faïence de Delft, à décor
bleu.

125 — Deux tasses de forme évasée, à une anse,
et leurs présentoirs, en porcelaine tendre de
Vincennes, décor de fleurs en couleurs.

126 — Deux compotiers en forme de coquille, à
trois lobes, en porcelaine de Sèvres, pâte
tendre, à décor de bouquets de fleurs.

127 — Jardinière, en forme de cachepot de forme
cylindrique, à bord évasé, en porcelaine de
Sèvres, pâte tendre. Décor, par Le Guay, de
bouquets de fleurs et fruits sur fond blanc,
en réserves. Fond bleu turquoise, rehaussé
d'or.

128 — Beurrier, avec son couvercle et son plateau adhérent, en porcelaine de Sèvres, pâte
tendre, décor à bouquets de fleurs, et filet
bleu à grains d'or.

129 — Pot à crème, à anse et trois pieds, en porcelaine de Sèvres, pâte tendre, avec fleurettes
en relief rehaussées d'or, et bouquets de fleurs
en couleurs.

130 — Petit pot à crème, en porcelaine de Sèvres,
pâte tendre, décor à bouquets de fleurs, en
rehauts d'or.

131 — Sucrier couvert en porcelaine de Sèvres,
pâte tendre, décor à bouquets de fleurs.

132 — Tasse de forme cylindrique et son présentoir, en porcelaine de Sèvres, pâte dure,
décor à jetés de fleurettes.

133 — Tasse de forme cylindrique et son présentoir, en porcelaine de Sèvres, pâte tendre,
décorés d'amours et de fleurs, en camaïeu
rose.

134 — Tasse de forme cylindrique et son présentoir, en porcelaine de Sèvres, pâte tendre,
décor à petits bouquets de fleurs, sur blanc
réservé et fond bleu, à œil de perdrix.

135 — Deux assiettes à bords contournés, et
marli gaufré en relief, en porcelaine de
Sèvres, pâte tendre, décor à bouquets de
fleurs, et filets bleus à grains d'or.

136 — Assiette en porcelaine de Sèvres, pâte
tendre, décor à bouquets de fleurs.

137 — Deux assiettes, à bords contournés, en
porcelaine de Sèvres, pâte tendre, décor à
bouquets de fleurs et bords bleus, feuille de
choux.

138 — Paire de petits cachepots, en porcelaine de Sèvres, pâte dure, décor de roses entrelacées en losanges.

139 — Bonbonnière, figurant une chatte avec ses petits, en porcelaine tendre de Mennecy. Monture argent.

140 — Figurine : Marchand de fruit d'Orient, en porcelaine tendre de Mennecy (non marquée).

141 — Déjeuner composé d'un plateau, théière, pot à lait et deux tasses, en porcelaine de La Haye, à décor polychrome de paysages, marines et ornements dorés.

142 — Chien Bull assis, en porcelaine tendre, décoré au naturel.

143 — Petit groupe de deux animaux : Chèvre et chevreau, en porcelaine de Louisbourg.

144 — Important groupe, formant porte-montre, en porcelaine de Saxe. Le Temps, ailé, s'appuyant sur sa faux, et marchant. A ses pieds, un amour assis tenant dans sa main une fleur.

145 — Tasse et sa soucoupe, en porcelaine de
Saxe, à décor de fleurs et insectes.

146 — Tasse et son présentoir, en porcelaine de
Zurich, à décor de volatiles dans des paysages
en camaïeu.

147 — Deux assiettes, en porcelaine de Chine,
de la famille rose, à fond rouge et réserves.
Au centre, sujet à personnages, et marli à
fleurs, et ornements divers.

148 — Six compotiers ronds, en porcelaine de
Chine, de la famille rose. Au centre, un vase
fleuri ; au bord, large bordure de feuillages
et fleurs.

149 — Plat creux, de forme circulaire, en cé-
ladon craquelé de la Chine.

150 — Fontaine, de forme pyramidale-hexago-
nale, en porcelaine blanche de Chine, à
anses en forme de chimères, et trois pieds en
dragons. Tasse et soucoupe de même porcelaine.

151 — Quatre tasses, avec soucoupes, en porce-

laine de la Chine ou du Japon, à décors
variés.

152 — Perruche, en porcelaine de Chine, sur
rocher bleu turquoise.

153 — Sucrier et son couvercle, en porcelaine
du Japon.

OBJETS D'ART

MEUBLES, TAPISSERIES

154 — Deux petits bustes, en bronze patiné :
Voltaire et Rousseau, sur piédouches, en
bronze doré, reposant sur des socles cylin-
driques en marbre bleu turquin, ornés de
corniches, chaînettes et moulures en bronze
ciselé et doré, avec tablettes gravées. Époque
Louis XVI.

155 — Rouet en bois tourné. Époque Louis XIII.

156 — Bois de fauteuil Directoire, peint en noir.

157 — Console à quatre pieds cannelés, en bois
sculpté et peint, et dessus de marbre Porthor.
Époque Louis XVI.

158 — Petite vitrine, ouvrant à une porte, avec
coins arrondis, en marqueterie de bois de
placage, cuivre et nacre. Époque Louis XIV.

159 — Fragment de tapisserie ancienne. La Vi-
sitation. XVIIe siècle.

www.ingramcontent.com/pod-product-compliance
Lightning Source LLC
LaVergne TN
LVHW050226180726
843501LV00013BA/3191